열여덟은 진행 중

창 비
청소년
시 선
47

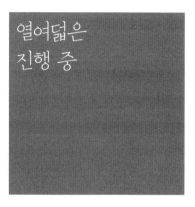

열여덟은
진행 중

김애란 시집

창비

차
례

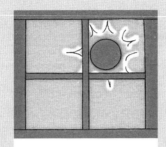

제1부
나는
영 케어러
입니다

치매 걸린 아빠가 꽃을 가꾼다

아빠가 집 앞 공터에 꽃을 심었다
예쁜 꽃이 필 거야 아빠가 말했다
공터에는 꽃 한 송이 피지 않았다
사람들이 사물들을 공터에 버리기 시작했다
헌 신발 한 짝이 맨 처음 버려졌다
신발 꽃이 예쁘게 피었구나
아빠가 신발에 물을 주며 말했다
오늘 아침에는 회색 가방이 버려졌다
회색 가방은 방구석에 처박힌 내 책가방을 닮았다
아빠가 가방 가득 물을 주었다
푹 젖어 흐물거리는 가방
내 책가방도 책가방 속 교과서도
저렇게 흐물거리고 있을 것이다
물 좀 그만 줘요, 물 좀 그만 주라고요
꽃은 물을 흠뻑 먹어야 예쁘게 피는 거란다
아빠는 내 말을 무시했다
가방 옆에 작은 거울이 버려졌다
작은 거울 속에는 작은 하늘이 버려져 있다

작은 하늘 속에서 작은 새가 휙
거울 밖으로 사라졌다
거울 밖에는 꽃에 물을 주는 아빠가 있고
아빠 바지에 묻은 흙을 털어 내는 내가 있다
털어 내도 털어 내도 달라붙는 흙
아빠, 제발 물 좀 그만 줘
빨리 이 공터에서 나가야 해
여긴 온통 쓰레기뿐이라고
소리쳐도 아빠는 신나게 물을 뿌려 댄다

이게 아닌데

이름이 뭐죠?
건강 보험 공단 직원이 물었다
김병태
나이는 어떻게 되시죠?
쉰아홉 살 뱀띠
고향은요?
경기도 광주군 실촌면 삼리 406번지
우리나라 이름 아세요?
대한민국
아빠는 평소에는 나이도 오락가락하고
이름도 잘 까먹으면서
치매 테스트라니까 질문 하나하나
곰곰이 생각하더니 잘도 맞혔다

자리에서 일어서 보세요
일어설 때마다 내던
에구구 소리 한번 내지 않고
아빠가 벌떡 일어선다

앞으로 걸어 보세요
나 보란 듯이 씩씩하게 걷는다
평소 걸음걸이와는 사뭇 다르다
이제 자리에 앉으셔도 됩니다
역시나 에구구 소리 없이
허리를 편 채 꼿꼿하게 앉는다

공단 직원이 돌아가자마자
에구구 허리야
그대로 누워 버리는 아빠
치매 테스트 할 때만 멀쩡한 아빠 때문에
정부 지원은커녕 학교도 제대로 다닐 수 없다

아빠 땜에 망했어
나도 모르게 내뱉은 말에
시무룩이 고개 숙이는 아빠
이게 아닌데……

난 괜찮아

아빠가 당한 사고는
아빠만의 사고가 아니었다
우리 가족 모두가 당한 사고였다
그날 이후 일상이 확 바뀌었다

전업주부이던 엄마는 돈을 벌어야 했고
살림을 하면서 아빠를 간병해야 했다
나는 학원을 그만두고 엄마를 도와야 했다
가끔씩 학교도 빠졌다

공부 학원 친구
익숙한 일상들이
내가 차 버린 축구공처럼 날아갔다
밥 빨래 청소 병원 약
낯선 일상들이
쓰나미처럼 밀려들었다
나도 모르게 한숨이 나왔다

힘들지?
엄마가 내 등을 툭툭 두드린다
거실 한쪽에서
아빠가 힘겹게 재활 운동을 하고 있다

속에서 무언가 훅 올라오려는 걸
꾹꾹 누르며 되뇐다
난 괜찮아 난 괜찮아 난 괜찮아

현재 진행형

뇌졸중으로 쓰러진 아빠의 꿈은
아빠 손으로 우리 집을 짓는 거였죠
목수로서의 아빠는 유통 기한이 다 됐는데
아빠의 꿈은 유통 기한 없이 계속되고 있어요
시간이 가도 썩지 않는 아빠의 꿈은 매일같이
아빠의 입을 통해 재생되지요

우리 집은 내 손으로 지을 기다
대들보는 소나무로 세우고
지붕에는 빨간 기와를 얹을 기다
처마 밑엔 활짝 웃는 창문을 낼 기다
햇살도 담뿍 드오고 바람도 담뿍 드오고
별빛도 담뿍 드오겄지
내는 그런 손님들이 좋데이
겨울엔 함박눈 속에 폭 파묻혀도 춥지 않고
여름엔 자작나무 숲에 파묻혀 시원한
그런 집을 지을 기다
꽃밭을 만들어도 좋고

과일나무 몇 그루 심어도 좋을
마당 넓은 집을 지을 기다

아빠는 왜 우리 집을 짓고 싶어 해?
내가 물으면 아빠는 말해요
그기 목수의 제일 큰 꿈인 기라

목수이면서 목수가 될 수 없는 아빠의 꿈은
지금도 현재 진행형입니다

박하사탕

밥도 빨래도 할 줄 모르게 된 할머니
기억하는 건 화투밖에 없는지
진종일 빛바랜 화투로 하루를 점친다
길 · 흉 · 화 · 복
어느 것 하나 뒤집을 수 없었던 손이
자주 화투장을 뒤집는다
이따금 나 몰래
두루마리 화장지를 풀어 어질러 놓고는
혼내는 내게
잘못했어요, 잘못했어요
두 손을 싹싹 빈다
할머니 모습 안쓰럽다가도
어린애처럼 귀여워서 피식 웃으면
좋아라고 따라 웃는다
돈 많이 벌어 올게, 집 잘 보고 있어
머리를 쓰다듬어 주면
사탕 사 와, 하며 눈을 말똥말똥 뜬다
틈나면 뛰어와 할머니 살펴볼 수 있게

집에서 가까운 가게에서만 알바를 한다
알바하는 내내 여섯 살 할머니
천진한 얼굴이 눈에 밟힌다
이제 됐어, 어여 가 봐
가끔 내 사정 봐주는 사장님
오늘은 슬쩍
박하사탕 한 줌 쥐여 주신다

학교 가는 길

자식을 버리는 사람도 있지만
자식이 아니어도 맡아 키우는 사람도 있습니다
엄마 아빠는 나를 버렸지만
할머니는 나를 키워 주셨습니다

할머니가 눈길에 넘어졌습니다
고관절 수술을 했습니다
퇴원하고도 기저귀를 차고
누워 있는 시간이 많아졌습니다

나는 자주 학교를 빠지면서
할머니를 돌봤습니다

학교를 빠지는 동안
성적은 엉망이 되고
친구 관계도 엉망이 되었습니다
어쩌면 미래도 엉망이 될 테죠

할머닌 걱정하지 말고 학교 갔다 와
내가 왔다 갔다 할 테니 마음 푹 놓고 공부해

이 층 아주머니가 아침부터 찾아오셨습니다
망설이는 내 등을 떠밀어 학교로 보냅니다
빽하면 아저씨한테 소리 지르고
툭하면 아들한테 욕하는 아주머니한테
할머니를 맡겨 두고 학교 가는 길
자꾸만 뒤돌아봅니다

벚꽃

한 번도 빤 적 없는
삼단 요가 하루 종일 깔려 있는 방

꾸역꾸역 밥을 먹을 때도
언제 역류할지 모르는
위태로운 변기에 앉아 볼일을 볼 때도
전화를 받을 때도
나는 늘 긴장한다

할머니가 토해 놓은 알약 같은 벚꽃이 피고
이따금 거미줄 같은 비가
벚꽃 사이를 사선으로 내리긋는 봄날에도
나는 늘 거미줄에 걸린 날벌레처럼 긴장한다

할머니 숨소리처럼 가냘픈 햇살이
비쳐 들다가 슬며시 달아나 버리는 쪽방에서
삼단 요 위에 누운 할머니를 간호하는 일은
아르바이트할 때처럼 늘 긴장된다

벚꽃잎을 밟으며 떠나간 엄마는
새로 벚꽃이 피어도 돌아올 줄 모르고
벚꽃잎을 밟으며 공장에서 돌아와 누운
할머니는 새로 벚꽃이 피어도 일어나지 않고
벚꽃잎을 밟으며 학교에서 돌아온 나는
새로 벚꽃이 흐드러져도 학교에 갈 수 없었다

얼마나 벚꽃이 지고 또 피어야만
할머니가 일어나실까?
밖에는 어서 내가 죽어야지 하는 할머니의
푸념 같은 벚꽃잎이 부질없이 흩날린다

가족을 돌보는 방법

똥 묻은 옷을 빨면서 나는 생각한다
내가 아기였을 땐 할머니가 이렇게
내 옷을 빨아 줬겠구나
안 먹겠다는 밥을 억지로 떠먹이면서도 생각한다
입 짧은 나 때문에 힘들었겠다
쓰레기통에 숨긴 반찬을 꺼내면서는
할머니만 이 세상에서 숨지 마

하루아침에 이럴 수 있게 된 건 아니다
할머니 아픈 지 꽤 오랜 시간이 흘렀다
정신 오락가락하는 할머니를 돌보는 건
전 과목 1등급을 맞는 것만큼 힘들다
어쩌면 그보다 훨씬 힘들 거다
힘들어서 생각을 고쳐먹었다

꼭두새벽에 일어나 공장 간다고
수선 피우는 할머니한테
오늘부터 휴가니까 집에서 푹 쉬세요

24

할머니 외출복 감춰 두고

할머니가 좋아하는 화투랑 화투 방석 깔아 놓고

잘 부르는 트로트 틀어 놓고

재생 방법도 꼼꼼히 일러 준다

연신 아무 데나 전화해서

핸드폰은 오는 전화만 받게 비밀번호를 걸어 놓았다

전화하는 사람 너무 없을까 봐 나가서도

전화해서 잠깐이라도 말벗 되어 드린다

할머니가 나한테 누구냐고 물으면

누구긴 누구야, 할머니 강아지지

할머니가 그랬던 것처럼 다정하게 말해 준다

단짝

나와 지혜는 유치원 때부터 지금까지 단짝
서로 모르는 게 없다
아침 여덟 시면 지혜가 우리 집 초인종을 누르고
초인종이 울리면 나는 밥 먹다가도 뛰어나가곤 했다

요즘은 아침 여덟 시가 돼도 초인종이 울리지 않는다
나는 지혜를 기다리던 때와 마찬가지로 얼른 밥을 먹고
지혜가 우리 집으로 내려오던 길을 되짚어
지혜네 집으로 올라간다

초인종을 누르고 한참이 지나 문이 열린다
뭐 하러 또 왔어?
지혜는 엄마 옷을 갈아입히며 말한다
나는 가방을 현관 앞에 내려놓고 들어가
거실에 널브러져 있는 잡동사니들을 치운다

학교 늦겠다, 빨리 가
지혜가 소리쳐도 못 들은 척

옷가지를 주워 빨래 바구니에 넣고
싱크대에 쌓인 그릇들을 설거지하며 수다를 떤다
이런 거라도 해야 발걸음이 떨어진다

아픈 엄마를 돌보면서
점점 말수가 줄어든 지혜
내가 먼저 수다를 떨어야 그나마 맞장구친다

엄마가 아빠 일 나가면 온댔어
울 엄마 오면 얼른 학교 와, 알았지?
지혜한테 다짐해 놓고 학교 향해 달려간다

거짓말은 딱 질색

처음엔 별거 아니라고 생각했어요
속이 더부룩하다고 해서 체했나 보다 했지요
소화가 안 된다고 해서 소화제 드렸어요
넘어올 것 같다고 해서 토하라고 했고요
그게 다예요
나는 공부하기도 바쁘고
중국집에서 알바하기도 벅찼거든요
병원 간 엄마는 그날로 입원했어요

엄마는 내게 미안하다는 말만 되풀이했지요
미안하면 빨리 나아
엄마는 알았다며 고개를 끄덕였어요
나는 엄마를 믿었죠

침대에 누운 엄마는 잠만 자요
깨어 있을 땐 멍한 눈으로 나를 쳐다보고요
자꾸만 몸을 비틀어 여기저기 긁히고
링거 바늘을 빼려 해서

침대 손잡이에 팔이 묶였어요

나는 간병인 아주머니와 교대로 엄마를 간호해요
낮에는 알바를 하고요
밤에는 간이침대에 누워 잠을 자요
쪼그리고 자다 보면 내 꿈도 쪼그라드는 건 아닐까
화들짝 놀라 잠이 깨요 신기하게도 그때마다
기저귀를 갈아야 하고 피딩해야 하는 시간이에요
나는 자꾸만 엄마에게 말을 걸어요
엄마, 빨리 일어나
내가 엄마 좋아하는 짜장 짬뽕 다 만들어 줄게
스마트폰 갤러리에서 내가 만든 요리도 보여 줘요
그러면 엄마가 금방 깨어날 것만 같아요
나, 거짓말은 딱 질색인 거 알지?
멍한 눈으로 나를 바라보는 엄마에게
내 말 찰떡같이 알아듣고
벌떡 일어나라고 연거푸 말해요

밥걱정

엄마 아빠가 이혼했다
아빠는 엄마가 술을 너무 많이 마셔서
이혼하는 거라고 엄마를 탓했다
아빠는 모르나?
엄마가 날마다 술 마신 이유
술 안 마시게 좀 잘해 주면 좋았을걸

동생은 아빠 따라가고
나는 엄마와 남았다
엄마는 점점 말수가 줄더니
꼭 필요한 말 외에는 하지 않았다
말하는 대신 일을 하고 술을 마셨다
엄마가 버는 돈 대부분이 술값으로 나갔다

어느 날 갑자기
엄마가 쓰러졌다
알코올성 치매
간신히 연락이 닿은 아빠가 말했다

이젠 나와 상관없는 사람이야

내 나이 열여덟
나는 엄마의 보호자가 됐다
밥하고
병원에 데려가고 약을 먹였다

넌 누구니?
엄마는 가끔 나를 몰라본다
밥은 먹었어?
알아볼 때는 밥걱정부터 한다
밥만 먹으면 단가

담임

내가 조퇴할 때마다 담임은
자꾸 이러면 안 되는데
고개를 저으며 말했다

결석할 때마다 전화해서
내일은 학교 올 거지?
꼭 왔으면 하는 목소리로 물었다

내가 이틀 연속 결석하자 찾아와서
나를 데리고 주민 센터에 갔다
가족을 돌보는 것도 좋지만
학생이 학교는 맘 놓고 다녀야지요
주민 센터 직원한테 사정도 하고 화도 냈다

복지부에도 전화하고
교육부에도 전화하면서
한숨을 푹푹 쉬었다

선생님이 더 알아볼게
조금만 더 힘내자
주민 센터를 나오면서
담임이 내 어깨를 토닥였다

종일 숨어 있던 해가 구름 속에서
삐쭉 얼굴을 내미는 저녁때 즈음

화분 가꾸기

할아버지가 손바닥만 한
화분 세 개를 가꾼다
화분 1, 화분 2, 화분 3
쪼르르 창틀 위에 올려놓았다

화분 1은 정후
화분 2는 정수
화분 3은 정식
자식들 이름을 붙여 놓고
매일 물을 준다

원래 저 화분들 누가 버린 걸 주워 왔다
비리비리 말라 죽어 가는 화초가
보이는지 안 보이는지 할아버지는
알뜰살뜰 화분을 가꾼다

일렬로 늘어선 화분에
번갈아 말을 걸고

금방이라도 바스러져 떨어질 것 같은
잎사귀를 어루만지며
이쁘다 이쁘다 한다

할아버지 쓰러진 날 한 번 왔다가
너도 어른이니까 니가 알아서 해라
쿨하게 나를 어른으로 인정해 주고
뒤도 안 돌아보고 가 버린 뒤
한 번도 들여다보지 않는 자식들
뭐가 이쁘다고 저러는 걸까

가뜩이나 해도 잘 들지 않는 반지하 쪽방
창틀에서 서성대는 햇살 모조리 빨아들이는
화분 1, 화분 2, 화분 3 내다 버리고 싶다가도
내가 가꾸는 화분, 할아버지라는
다 낡은 화분 다칠까 봐 그냥 놔두기로 했다

불꽃나리

산에
아주 큰 불이 났어
풀도 꽃도 나무도
다 타 죽었지
아무것도 살 수 없을 것 같았는데
땅을 뚫고 올라오는
새싹이 있었어
십수 년 동안 땅속에서 잠자던
불꽃나리 꽃씨가
산불이 나서 깨어난 거야
불꽃나리는 쑥쑥 자라서
새빨간 꽃을 피웠어

지금은
화마가 휩쓸고 간 자리에 남은 잿더미
나는 불꽃나리 꽃씨
언젠가 활짝 꽃 피울 거야

제2부

너무
예쁜 나이,
열여덟

살얼음판

엄마는 말끝마다 엄마 말 잘 들으면
자다가도 떡이 생긴다고 했다
엄마 말을 안 들어서 아이가 생겼다

내게 떡을 주고 싶어 하던 엄마는
아이를 포기하라고 했다
말을 듣지 않자, 나 죽는 꼴 볼래?
협박도 했다
아빠는 아예 눈길도 안 준다
그러더니 그 애 집에 찾아가서
대판 싸움을 벌였다
가깝게 지내던 두 집이 원수가 됐다

그 애와 나는 부모님을 설득하려 애썼다
잘 살겠다고 큰소리도 치고
울고불고 매달려도 보았지만 소용없었다
하루하루가 언제 깨질지 모르는 살얼음판이 되었다

한 발짝이라도 더 내디디면
쩍 하고 금이 가 버릴 것 같아서
그 애한테 물었다
우리가 잘하고 있는 거야?
그 애가 대답했다
아마도

그 애가 떨리는 내 손을 꼭 잡았다
그 애도 떨고 있었다

목소리

내 짝지 준서가 알바하는 식당
유리창 너머로 준서를 본다
준서는 테이블과 주방을 오가며
주문을 받고 서빙을 하고 있다
평소대로라면 지금쯤 독서실에 갈 시간이다

엄마한테 맡겨 놓은 아기를 위해
조금이라도 벌어야 한다고
알바를 두 탕씩 뛰는 준서
나와 독서실 가던 이 길에서
발길을 돌려 알바 중이다

살아남은 종은 가장 강한 종도
가장 똑똑한 종도 아니라
변화에 가장 잘 적응하는 종이라고
찰스 다윈이 말했다며 준서는
꼭 살아남겠다고 다짐했다

준서가 나를 보고 달려 나온다
밤새 정리한 요약 노트를 건네주니
고맙단다
고맙긴, 나도 변화에 잘 적응하는 중이야
간다

잘 가
돌아서는 등 뒤로
굵직한 준서 목소리가 뒤따라왔다

자진 폭로

불러 오는 배를 숨기고 학교에 다녔다
때로는 소중한 존재도 숨겨야 할 때가 있다

대학은 꼭 가고 싶고
어릴 때부터 꿈인 선생님도 꼭 되고 싶은데
가능할까?

그 애가 말했다
넌 대학도 가고 선생님도 될 수 있어
아기는 내가 키울게
공부는 나보다 조금 못하지만
착한 그 애는 자퇴하고 돈을 벌겠다고 했다

자퇴라는 말이 낯설고 겁나서
나는 또 울었다
뜻하지 않게 아이를 가지니 울 일이 많아졌다
꼭 그 길밖에 없어? 너 공대 가고 싶어 했잖아
그 애가 내 눈물을 닦아 주며 말했다

검정고시 보고 나중에 꼭 갈게

그 애가 자퇴하자마자 나는
임신 사실을 담임한테 말했다
친한 친구들한테도 얘기했다
어차피 알려질 일이었다
누군가 쑤군거려도 견디기로 했다
그 애는 나보다 더 힘들 테니까

따뜻한 손

열여덟 살 우리 사랑은
아기만 남긴 채 끝이 났습니다
그 애는 아직 어려서
아빠가 될 수 없다고 떠났습니다
나도 어리기는 마찬가지지만요
팔딱팔딱 뛰는 아기 심장 소리 들은걸요

아기 심장 소리 자꾸 생각나서
미혼모 보호소를 찾아갔습니다
그곳에서 아이를 만날 준비를 하고 있는데요
가끔은 비현실감이 듭니다
열여덟에 아기 엄마라니
꿈인가? 꿈일 거야!
나도 모르게 한숨이 나옵니다

넌 웃는 게 훨씬 예뻐
현아 언니가 아기 기저귀를 갈다 말고
내 손에 자기 손을 포갭니다

누군가 내게 웃는 게 예쁘다고 말해 준 거
오랜만입니다
누군가의 손이 내 손에 포개진 것도
오랜만입니다
현아 언니 손이 참 따뜻합니다

배냇저고리

미혼모 보호소에서
아기 엄마들이 앉아 배냇저고리를 만든다
태어날 아기보다 넉넉하게 헝겊을 오려
어깨 중심선을 기준으로 반으로 접고
소매 배래선과 옆선을
촘촘하게 박음질한다
소맷단을 접어 단정하게 홈질하고
단추 대신 끈을 단단히 단다
옷이 몸에 배기지 않게
배려하는 옷 배냇저고리
고등학교 졸업도 못 하고
돈도 모으지 못한 내가
아이에게 해 줄 수 있는 게 이것뿐이라서
누구보다 열심히 배냇저고리를 만든다
헐렁한 내 생이 아기에게 배기지 않으려면
어디를 휘휘 휘갑쳐야 하나 생각하면서

새싹

어느 날 갑자기
나보다 열일곱 살 어린 생명체가
포대기에 싸여 내게로 왔다
드리블하고 슬램 덩크 하고 킥복싱 하던
내 커다란 손으로 만지면
부서질 것 같은 태초

안아 올리자 새싹이 되었다
몽고점처럼 새파란 새싹

아따, 지 앞가림도 못 허는 놈이
무신 아를 키운다고 난리냐 잉
그러면서도 엄마는 도와줄 테니
학교는 마치라 한다
학교 다니고 알바 뛰고 아기 보고
숨 가쁘다 못해 숨이 턱턱 막히는 하루하루
다 때려치울까?

흐메, 요런 느자구없는 자석 좀 보쏘
지리산 호랭이가 물어 갈 소리 하덜 말구
아구지 깡 물고 살어라 잉
엄마가 내 등을 맵게 친다

워메, 지도 사람이라고 쬐깐헌 것이
하얌허는 거 조까 바바라 잉
자식도 다 키우기 전에 손주까지 키우게 됐다고
푸념하던 엄마가 눈에 넣을 듯이
새싹을 들여다본다

그래, 새싹이 쑥쑥 자라나
아름드리나무가 된다면 못 할 것도 없지
싶다가 또

내 나이 열여덟
나야말로 더 자라서
나무든 뭐든 되어야 하는 거 아닌가?

생각하다 보면 떡잎처럼 화들짝
솟구치는 사례

주제 파악

대학은커녕
고등학교 졸업장도 없는 나는
편의점이든 식당이든 주유소든
닥치는 대로 일을 합니다
떨어지지 않으려고
울며 보채는 아이를
어린이집에 맡겨 놓고
되도록 많은 돈을 벌어야만 합니다
내 나이 반도 안 되는 평수의 원룸이지만
월세가 만만치 않습니다
어린이집비 분윳값 기저귓값
지불해야 할 돈도 너무 많습니다
편의점이든 식당이든 주유소든
힘들다 하면
미혼모 주제에
그만두겠다고 하면
고등학교도 안 나온 주제에
주제 파악 못 한다고 나무랍니다

주제 파악 그거
학교 다닐 때도 나를 괴롭히더니
학교 안 다니는 지금도
나를 괴롭힙니다

고딩 엄빠

'고딩엄빠'라는 텔레비전 프로그램이 있다
우리나라 저출산고령사회위원회 부위원장은
'고딩엄빠'가 저출산 극복에 도움이 되는
좋은 프로그램이라고 한다

그 사람 말대로라면
나처럼 학교도 못 다니고 힘들게 돈 벌어
아이 키우는 애들이 많으면 많을수록 좋다는 얘기다

학교 자퇴하고
집에서 쫓겨나고
미혼모 보호소에서 아이 낳고
남들 하기 싫어하는 일 도맡아 해 가며

서툴게
외롭게
때로는 우울하게
아이를 키우더라도

고딩 엄빠가 많을수록 좋다니

진심일까?
역설일까?
해 보지도 않고 하는 얘기는 믿기 어렵다

아이 갖기 전에는
영원히 사랑하자던 그 애 말처럼

이랬다저랬다

아기가 운다
우유를 줘도 울고
기저귀를 갈아 줘도 울고
안아 줘도 운다
이리 달래고 저리 달래다가
지친 나도 운다

넌 도대체 왜 우는 거야?
너 때문에 학교도 진학도 꿈도
다 미뤄 둔 건 난데
왜 니가 우냐고?
나는 알아듣지도 못하는 아기한테
생트집을 잡으며 화를 낸다

너만 아니면 졸업도 하고
대학생도 되고
꿈도 이룰 수 있을 텐데
이게 뭐냐고?

짜증 나 진짜
엉엉 운다

놀란 아기가 더 큰 소리로 운다
울다 울다 목쉰 소리로 운다
울다 지쳐 잔다
자는 아기는 천사 같다
아기 가슴을
토닥토닥 해 준다

하루에도 몇 번씩
이랬다저랬다
저랬다이랬다

또 아침

바스락거리는 소리가 들린다
끈적끈적한 잠에서 빠져나와 눈을 떠 본다
아이가 어제 먹고 버린 과자 봉지를 밟고 걸어온다
묶어 놓은 종량제 쓰레기봉투를 피해
널브러진 옷가지를 밟고
장난감을 넘어온다
나는 얼른 눈을 감는다
이불을 뒤집어쓴다
엄마, 엄마
아이가 나를 흔든다
더 · 자 · 고 · 싶 · 다
엄마, 엄마
아이가 이불을 걷어 낸다
귀 · 찮 · 다
돌아눕는다
까무룩 잠이 든다
아이가 나를 더 세게 흔든다
잠만 자고 싶은데

아이는 날 내버려두지 않는다

내가 아이를 왜 낳았을까?

깊은 구덩이 속에 빠져 있는 기분이다

아이가 내 손을 잡아끈다

일어나야지 일어나야 해 일어나자

마음과 달리 몸은 꼼짝 않는다

다시 잠 속으로 빨려든다

부스럭거리는 소리에 잠이 깬다

몸을 돌린다 눈을 떠 본다

아이가 과자 봉지를 뒤져 무언가를 먹고 있다

나는 기신기신 일어난다

밤새 살이 더 쪘는지 몸이 어제보다 무겁다

이리 와 밥 줄게

냉장고에서 어제 먹다 남긴 배달 음식을 꺼낸다

곰탕이 반쯤 남아 있다

아이는 내 입맛을 닮았는지

아무거나 잘 먹는다

용감한 그녀

내가 사랑한 그녀는 용감한 여자입니다
열여덟 어린 나이에 아이를 낳았습니다
나는 용감한 그녀와 용감한 그녀가 낳은
아이와 함께 살고 있습니다
스튜어디스가 꿈인 그녀는
하루에도 몇 번씩
아이에게 달려갑니다
기저귀를 갈아 주고
목욕을 시키고
분유를 타 먹이고
잠을 재웁니다
그녀가 아이를 돌보는 사이 나는
편의점에서 아르바이트를 하고
편의점 아르바이트가 끝나면
자전거를 타고 배달을 합니다
소방관이 되고 싶지만
스튜어디스의 꿈을 미뤄 둔 그녀처럼
잠시 내 꿈을 미뤄 두었습니다

괜찮아, 다 잘될 거야
그녀의 말이 힘센 바람이 되어
자전거를 밀어 줍니다

놀고 싶은 마음

진규가 통화를 마치더니
잠깐 나갔다 온다며 부랴부랴 겉옷을 걸친다
신발을 신는 둥 마는 둥 끌며 허겁지겁 나간다
아기 씻겨야 하는데 어딜 가?
너만 놀고 싶냐?
나도 놀고 싶다고!
분명 내 말을 들었을 텐데 진규는 못 들은 척
벌써 나가고 없다
대답 대신 도어 록 잠기는 소리만 들린다
나는 아기랑 놀아 주다 말고 한숨을 푹푹 내쉰다
친구들과 놀아 본 게 언제인지 가물가물하다
노래방도 가고 싶고
떡볶이도 먹고 싶다
한적한 공원에서 신나게 춤도 추고
노래도 부르고 깔깔대며 까불고 싶다
갑작스러운 임신 출산 육아는 내게서
그런 자유를 빼앗아 갔다
살림과 육아는 좌충우돌 리얼 투쟁기다

진규가 나 몰라라 놀러 나가는 날에는
힘이 쭉쭉 빠진다
나도 안다
종일 일하고 들어오면
쉬고 싶고 놀고 싶겠지
진규 맘 모르는 건 아니지만
종일 육아에 시달린 나로서는 서운할 뿐이다

놀고 싶다고 혼자 놀러 가면 다냐?
나는 진규가 옆에 있기라도 한 듯
우당탕탕 목욕물을 준비하면서 투덜거린다

그런 건가 봐

연어는 거친 물살을 거슬러 올라
강 밑바닥에 알을 낳고
제 몸이 상처 나고 부서져도
자갈로 알을 덮어 봐
낳는다는 건 그런 건가 봐

피파두꺼비는 등껍질 속에 알을 키워
알이 부화해서 새끼가 살을 찢고 나오면
등껍질은 울퉁불퉁 상처투성이가 돼
키운다는 건 그런 건가 봐

라플레시아는 잎도 뿌리도 줄기도 없어
그런 걸 낼 에너지를 아꼈다가 오로지
꽃을 피우는 데만 집중해
마침내 세상에서 가장 큰 꽃을 피워

내가 피우는 꽃은
라플레시아처럼 큰 꽃이 아니어도

눈에 잘 보이지 않을 만큼 작아도
잎도 뿌리도 줄기도 다 있으면 좋겠어
소망이라는 건 그런 건가 봐

엄지척

아기 엄마지만
나는 아직도 간호사가 되는 꿈을 꿉니다
간호사가 되려면 간호학과에 가야 하는데
나는 고등학교도 졸업하지 못했습니다
검정고시를 보고 대학에 가야만
꿈을 이룰 수 있습니다
아이 하나 키우기도 이렇게 힘든데
어떻게 대학에 갈 수 있을까요
아무래도 헛된 꿈을 버려야 할까 봅니다
꿈을 버리면 아기가 좋아할까요
이담에 아기가 잘했다고 해 줄까요
꿈도 포기했다고
고등학교 졸업장도 없다고
무시하지는 않을까요
어렵겠지만 아주 포기하지는 말아야겠습니다
이담에 아기가 엄마 멋지다고
엄지척 해 주면 좋을 테니까요

제3부

열여덟 살의
걸음마

네일 아티스트

내 꿈은 네일 아티스트
후원자가 보내 준 돈을 모아
네일 아트 학원 다니며
꿈을 키운다
학원에서 알바하며
학원비 할인도 받고
학원 갔다 시설 와서
배운 걸 연습한다
연습할 때 손님은 남자이면서도
기꺼이 손톱 내맡기는 시설 선생님
나를 네일 아티스트 선생님이라고 불러 준다
살면서 이런 호사는 처음 누려 본다고
손톱을 보며 껄껄 웃는다
움직이시면 안 됩니다 손님
다 끝나고 맘에 들면 그때 웃으세요
선생님 손을 꼭 잡고 네일 아트에 열중한다
지금처럼 언제까지라도
선생님 손 꼭 잡는 저녁을

맞을 수 있으면 좋겠지만
내년이면 시설에서 나가야 한다
그때엔 어떤 손님의 손톱을
디자인하고 있을까

시설 뒤편으로 해가 지는지
선생님 손등에 노을빛이 어린다

책 읽기

아직 읽고 싶은 책이 많은데……

재환 형이 유서를 남긴 채
이 세상 밖으로 나갔다는
소식을 들었습니다

사람들은 한동안
자립 준비 청년들이 사회에 나와 겪는
어려움에 대해 이야기했습니다

사람들이 그러는 사이 나는
이 세상 안에서 어떻게든 모든
책을 읽겠다고 다짐하고 또 다짐했습니다

책을 읽을 때마다
아직 책을 더 읽고 싶어 한
형이 생각납니다

이 세상에 있는 책은 몇 권이나 될까요?
세상 밖에도 이 세상만큼, 아니
훨씬 더 많은 책이 있으면 좋겠습니다

걸음마

처음으로 무엇이 된다는 건 설레는 일이다
초등학교에 입학하던 날
중학생이 되던 날
고등학교에 들어가던 날

어른으로서의 첫발을 내딛는 것도 설레긴 마찬가지
답답하던 보육원 떠나 좋을 줄만 알았는데
열여덟 내겐 모든 게 낯설다
외워지지 않던 세계사보다 복잡하고
풀리지 않던 삼차 방정식보다 어렵다

방을 계약하고 보증금을 내는 일
가구는 어디서 사야 싼지
가스비 수도세 전기세
이런 공과금은 어디다 내는지
아는 게 하나도 없는 나는
첫걸음부터 머뭇거린다

아기들은 걸음마 뗄 때 누군가 옆에서 응원해 주고
넘어지려 할 때마다 잡아 주는 사람 있던데
그러면 나도 아기들처럼
방긋방긋 웃으면서
앞으로 나아갈 수 있을 텐데

> 이모네 동네에 방 몇 개 봐 뒀어
> 와서 같이 가 보자
> 가까이 있어야 반찬이라도 챙겨 주지

후원자 이모가 보낸 톡을 보고 또 본다

제라늄에게 말 걸기

꽃집에서 제라늄을 하나 샀습니다
제라늄을 내 방에서 제일 환하고
제일 잘 보이는 창틀 위에 올려놓았습니다
화분 하나 새로 들였을 뿐인데
칙칙하던 방이 화사해졌습니다
인터넷에서 제라늄 키우는 법을 검색해서
그대로 합니다
흙이 마르기 전에 물을 듬뿍 줍니다
잎에 물이 닿으면 안 됩니다
꽃잎이 떨어지면 다시 피우라고 잘라 줍니다
제라늄과의 동거는 조금은 번거롭지만
그래서 사는 거 같습니다

다녀올게
밖에 나갈 때마다 제라늄에게 인사를 합니다
나 왔어
들어와서도 합니다
밥 먹자

정말로 밥을 같이 먹을 수는 없지만
제라늄이 말은 못 하지만
제라늄에게 말을 걸면
누가 있기라도 한 듯
외로움이 조금 가십니다
이 세상에 나 혼자라는 무서움이
조금 가라앉습니다

그래서 자려고 누워서도 말을 겁니다
잘 자

잡초

돈도 없고
빽도 없는 나는
누구보다 열심히 일한다
사장님 눈 밖에 나지 않으려고
보육원 출신이라는 말 듣지 않으려고

그래도 걸핏하면 걸고넘어진다
어쩌다 잘못하면
부모 없는 애들은 제대로 배워 먹은 게 없다니까
돈이라도 없어지면 다짜고짜
니가 가져갔지?
그만두겠다고 하면
보육원 출신들은 끈기가 없어

사장님은 모른다
내가 얼마나
잡초처럼 끈질긴지

돌보는 사람 없어도
비바람에 꺾이지 않는 잡초처럼
엄마 아빠 없어도
꿋꿋하게 살아가려 애쓰는지

잡초도 언젠가 꽃을 피우고
잡초 사이에서도
얼마나 많은 다른 꽃들이 피어나는지

나는 공손하게 말씀드린다
저, 돈이나 훔치는 그런 애 아니고요
적성에 맞는 일 찾아보려고 그만두는 거예요

화살 뽑기

내가 밥을 먹었는지
아프지는 않은지
기분이 어떤지
하나하나 신경 써 주는 그녀
그녀를 만나면서 생각했다
그녀만 있으면 되겠다
그녀 때문에 나는 더 착해지고
우울하다가도 웃고
주눅 들다가도 어깨 펴곤 했다
그녀 곁에서 어쩌면 나도
꽤 괜찮은 사람이 되겠구나
가슴 설렜다

그녀 부모님이 물었다
부모님은 뭐 하시나?
안 계십니다
보육원 출신입니다
고백하자마자 날아온 화살

그럼 당장 헤어져
뾰족한 화살이 심장 깊숙이 꽂혔다

괜……찮아?
그녀가 내 손을 꼭 잡았다
누가 뭐래도 난 네가 좋아
그녀가 내 심장에 박힌 화살을
쓱 뽑아내고 있다

우린 우리대로

애들아, 우리 같이 살자
가족이 뭐 별거냐?
한 지붕 밑에서 살면 가족이지
혜령이 말에 지영이랑 나랑 셋이서
자립 준비금을 모아 변두리에
허름한 방 하나 얻었습니다

너는 엄마 나는 아빠 너는 딸
지영이는 엄마 아빠 있는 집이 부럽답니다
뭐 꼭 엄마 아빠 자식 다 있어야 가족이냐?
너는 딸 너도 딸 나도 딸
이런 가족이면 뭐 어때?
혜령이 말대로 우린
그냥 우리대로 살기로 했습니다

애들만 셋이라서 그런가요?
하루도 조용할 날이 없습니다
음악 소리 좀 줄여

빨리 나와 나 급하단 말이야
불 끄고 그만 좀 자자
옷 좀 아무 데나 벗어 놓지 말지
넌 왜 맨날 당번인 걸 까먹냐?
매일 티격태격하다가도
조금만 얼굴빛이 어두워도
무슨 일 있어?
금방 알아챕니다

매운 거 먹고 힘내자
떡볶이 하나 쿡 찍어 입에 넣어 주는
우리는 떡볶이 국물처럼
매콤달달한 한 가족입니다

그냥 걷자

니들 조금만 기다려 내가 돈 많이 벌면
큰 집 사서 방 하나씩 다 줄게

요즘 투자한 돈이 쑥쑥 불어나고 있다며
큰소리 뻥뻥 치는 성주 입이 귀에 걸렸다
탕수육 마라탕 스테이크까지
돈 많이 벌면 실컷 사 먹자고 별렀던
맛난 음식도 사 주었다
우리는 성주가 큰 부자가 될 것 같아서
덩달아 가슴 부풀었다

망했어
어느 날 성주는 투자한 돈을 다 날렸다며 울었다
일확천금을 노리다니 너 바보냐?
돈 벌기가 그렇게 쉬우면 다 부자 되게
그러게 빨리 뺐어야지
한껏 가슴 부풀었던 지석이와 나는
태도를 싹 바꾸어 성주한테 화를 냈다

속을 박박 긁어 대야 들끓는 우리 속도
좀 나아질 것 같았다

날리기 전에 빼려고 했지
성주는 밥도 잘 못 먹고
잠도 잘 못 잤다
지석이와 나도 자는 둥 마는 둥
먹는 둥 마는 둥 지냈다

다시 시작하면 돼
지석이 말에 성주가 고개를 끄덕인다
우리는 안 날렸잖아
내 농담에 씩 웃는다
뛰는 놈 위에 나는 놈 있대
우린 그냥 걷자
지석이 말에 걷기 위해 먹자며
밥을 퍽퍽 퍼먹는다

그네 타기

어릴 적 엄마는 내게
그네를 태워 줬습니다
높이높이 올라가라
힘껏 등을 밀어 주었습니다
나는 하늘 끝까지 높이 올라갈 것처럼
기분이 좋았습니다

엄마는 나를 기분 좋게 해 놓고
사라졌습니다
어디로 사라진 걸까요?
보육원에서 사는 내내 궁금했습니다
엄마는 어디 갔을까?

보육원을 나와 엄마를 찾아봤지만
엄마는 너무 꼭꼭 숨어서 찾을 수 없습니다
가만히 그네에 앉아 봅니다
엄마가 와서 힘껏
그네를 밀어 줄 것만 같습니다

몸을 움직여 그네를 밀어 봅니다
가만가만 그네가 흔들립니다
엄마도 가끔 그네를 탈까요?
그때마다 내 생각을 할까요?
그네를 타면 없던 바람도 불어옵니다

누룽지

주인 할머니
이빨 빠진 할머니
윗니 아랫니 어금니
몽땅 빠져 나간
합죽 할머니

말할 때도 합죽
웃을 때도 합죽
뭘 먹어도 합죽합죽
검버섯 수북 핀 얼굴로
절레절레 고개 저으며
지팡이 짚고 다니신다

키우는 똥개 말고는
찾는 사람도 없는 할머니
보증금 없어도 된다는 말에
할머니 집에 세 들어 살면서
할머니가 안 보이면

어디 편찮으신가?
넘어지셨나?
자꾸만 신경 쓰인다

오랜만에 해 보는 남 걱정
왠지 어색하지만 기분 좋다
할머니, 별일 없으시죠?
묻는 내게 거뭇거뭇 탄 누룽지
쓰윽 내미시는 할머니

엉겁결에 받은 누룽지 한 뭉치
물 넣고 퍽퍽 끓여 먹었더니
구수한 저녁달이 떠올랐다

아름다운 연대

버들잎 사시나무들은
사막의 뜨거운 모래 위에서
꿋꿋하게 자라지

알맞은 간격을 유지한 채
떨어져 자라는 것 같지만
저마다 뿌리를 길게 뻗어
뒤엉켜 있지

누군가 물을 찾으면
맞잡은 뿌리로
서로 물을 나눠 마시며
함께 살아가지

손을 내밀어 봐
넌 혼자가 아냐

제4부

너도
필요할 것
같아서

주문 걸어 주는 엄마

내가 아프면 간호해 주고
성적 떨어지면 속상해하고
진로 문제로 고민하면
같이 고민해 주는 엄마

어쩌다 내가 대들면
다른 엄마들처럼 화내고 소리 지른다
머리 검은 짐승은 거두는 게 아닌디
할머니 말에는
엄마도 나 낳아서 거뒀잖아
난 가슴으로 낳아서 거둔 거야
딱 잘라 대답한다

내가 꼴등 하자 할머니가 말했다
피는 못 속이는 법인디, 쟈 부모가 꼴통 아녀?
그때도 엄마는 내 편을 들어 주었다
내 피야, 내 가슴에 흐르는 피가 애 가슴에도 흐른다고

성적 진학 진로
당장 닥친 문제로 걱정하는 내게
걱정하지 마, 다 잘될 거야
주문을 걸어 준다

그 여자

아빠랑 재혼한 그 여자는 필리핀에서 왔습니다
촌스럽고 우리말도 잘 못하는 데다
나랑 몇 살밖에 차이 안 나는
그 여자가 정말이지 싫었습니다
친구들이 볼까 봐
멀리 떨어져서 다니고
학교에도 오지 못하게 했습니다
그런데 그 여자는 내게 잘해 줍니다
내가 좋아하는 스파게티도 만들어 주고
떡볶이도 만들어 주고
언제나 내 편을 들어 줍니다
어느 날은 지독한 감기에 걸려
끙끙 앓았는데요
그 여자가 밤새도록 내 곁에서
물수건으로 몸을 닦아 주었습니다
아침에는 죽을 끓여 주고 약을 먹여 주더니
밭에 일을 나가서도
틈만 나면 들어와 나를 돌봐 주었습니다

깻잎 농장에서 일해서 번 돈으로
운동화를 사 온 적도 있습니다
어제는 친구랑 싸우고 시무룩해 있었는데요
말없이 내 손을 꼭 잡아 주었습니다
할머니한테 핀잔 듣고 멍하니
먼 하늘을 바라보고 있는 그 여자
오늘은 가만히 옆에 앉아
하늘이라도 같이 바라봐 주고 싶어졌습니다
입술에서 맴돌던 이름으로
그 여자를 불러 보고 싶어졌습니다
참 오래도록 불러 보지 못한
이름으로요

스프링 벅

아프리카 남부 초원에서
무리 지어 풀을 뜯어 먹고 사는 스프링 벅
앞의 무리가 풀을 모두 먹으면
뒤의 무리가 먹을 게 없어 앞으로 달려 나가고
앞의 무리는 뺏기지 않으려 앞으로 달려 나가고
달리고 달리고 달리고
왜 달리는지 잊은 채 달리기만 하다
낭떠러지가 나타나도 멈출 수가 없어
떨어져 죽고 마는 스프링 벅

매일같이 영어 학원 중국어 학원 갔다
밤늦게 돌아오는 아빠나
육 년째 공무원 시험 공부 중인 형이나
야자에 학원에 인강에 새벽까지 깨어 있다
학교 와서 자는 나나
모두 다 스프링 벅

까짓것

한국말이 서툰 한국인
그게 바로 나다
열여덟 살 졸업반이어야 할 나이에
연변에서 온 신입생

동생들과 어울리는 건
수업 진도를 따라잡는 것만큼 어렵다
넌 왜 니 동생하고 같은 학년이야?
넌 연씨인데 왜 니 동생은 하씨야?
묻고 저희끼리 낄낄거리는 아이들

엄마가 아들 있는 한국인 아저씨와 살면서
나 연승우와 하민호는 형제가 되었다
우리는 성만큼이나 다른 것투성이다
좋아하는 음식도 다르고 최애 음악도 다르고
옷 취향도 다르다

그런 우리에게도 딱 한 가지 같은 게 있다

축구 사랑!
티격태격하다가도 축구 얘기만 나오면
죽이 척척 맞는다

축구 하자
한마디면 나를 놀리던 녀석들도
어느새 운동장으로 달려간다
축구를 제일 잘하는
연승우와 하민호는 한편이 되어
손흥민처럼 드리블하고
메시처럼 패스하고
음바페처럼 슛을 날린다

3 대 1 어떨 땐 5 대 빵
승부야 어찌 됐든
축구 끝내고
짝 소리 나게 하는 하이 파이브
까짓것 뭐 별건가?

뭐든 축구 하듯 하면 되지

그냥 모르는 척

엄마랑 시장에 간다
마트로 가면 편하고 좋은데
꼭 시장엘 가야 하나?

엄마는 시장에 가야
사람 사는 맛이 난다고 한다
값도 깎을 수 있고
덤도 얻을 수 있어 좋다고 한다

내 생각은 눈곱만큼도 안 하는 것 같다
시장 가면 불편한 점투성이다
필요한 것마다 일일이
얼마냐고 물어보는 일에서부터
흥정하는 일 덤을 얻는 일까지
청각 장애인 엄마 대신
다 내가 통역해야 한다

오가는 사람들이 쳐다보는 것도 싫다

시장 사람들은 나만 보면
효녀라고 칭찬한다
칭찬인데도 듣기가 싫다
엄마가 이런데 딸이 착해야지
말하기도 한다
그냥 모르는 척해 주면 안 되나?

불쑥

언니는 수어가 아름다운 언어라고 한다
나는 누가 볼까 감추는데
언니는 대놓고 수어를 한다
2개국어 할 수 있다며 자랑도 한다

나도 안다
집에서 수어가
얼마나 아름다운 언어인지
얼마나 재미있는 언어인지
문제는 밖에서다

전철에서 엄마와 이야기할 때
사람들이 동물원 원숭이 보듯이 쳐다봤다
대놓고 안됐다고 말하는 사람도 있었다
그때 이후로 수어 하는 게 창피하다

그건 니가 코다*로서의 너를
인정하지 않기 때문이야

나는 코다입니다 말해
많은 게 달라질 거야

오늘은 불쑥 언니 말이
맞을지도 모르겠다는 생각이 든다

* 청각 장애인 부모에게서 태어난 농인 자녀와 청인 자녀 모두를 일컫는
말이지만, 보통 청인 자녀를 가리키는 경우가 많다.

이모

나는 엄마 아들이지만
엄마는 나를 낳지 않았다
엄마는 원래 이모였다가
엄마가 되었다

어느 날
엄마의 여친이
우리와 살게 되었다
나는 엄마의 여친을
이모라고 부른다

이모는 나랑
캐치볼을 하고
게임도 하고
오토바이도 태워 준다

엄마랑 둘이 살 때는
아빠 있는 애들이 부러웠는데

이모랑 살고부터 부럽지 않다

아깝지 않다

반려견 초코는
말썽꾸러기에
말도 잘 안 듣는
똥싸개지만
둘도 없는 내 동생

밤에 티브이 보며 초콜릿 먹다가
탁자 위에 놓고 잠들었다

다음 날 아침
초코가 초콜릿 상자 물고 와
나 좀 봐
예쁜 눈으로 말한다
꼬리도 살랑살랑 흔든다
아고 귀여워
안아 보니
초콜릿 상자가 비었다
뭐야, 너 초콜릿 먹은 거야?

초코 안고 병원으로 냅다 뛴다

제발 죽지 마

딴생각은 나지 않는다

초코 배 속에 있는 걸 다 빼내고 나서야

마음이 놓인다

그동안 모은 돈 거지반

병원비로 들어갔다

괜찮아, 가족을 살렸잖아

뒷담화

왜 이제 들어와?
열 시도 안 됐는데
성적은 왜 이 모양이야?
엄마 닮아 그래
방 치우란 지가 언제야?
치웠는데
제대로 좀 해
제대로 했는데
양말은 왜 아무 데나 벗어 놔?
내 맘
책상은 또 왜 이렇게 어수선해?
신경 꺼
까불지 말고 공부나 해

빽 소리치더니 문을 쾅
닫고 나가는 거 있지
개싫어 완전 짜증 나

민주가 새엄마랑 싸운 이야기를
1인 2역 해 가며 속사포로 쏟아 냈다

야, 너네 새엄마가 울 엄마보다 훨 낫거든
울 엄만 나한테 아예 관심 없어
몇 반인지도 모를걸

빈 둥지 증후군

내가 놓고 들어갈 때
학비도 공짜고
기숙사비도 공짜라고
좋아하던 엄마

내가 기숙사에 들어간 뒤
병에 걸렸다
이름하여 빈 둥지 증후군
약이 따로 없대서
주말마다 집으로 달려갔다

갈 때마다 내가 잘 먹는
반찬이 수두룩해서 좋았다
약발은 오래가지 않는 법
두 달쯤 지나니
뭐 하려고 뻔질나게 와?
집에 올 시간에 공부나 해
점점 반찬이 줄어든다

오늘은 달랑 풋고추 하나

치, 버스 두 번이나 갈아타고 왔고만
그래도 병 다 나은 것 같아 다행이다

슬기 보기

학교 끝나자마자
사촌 동생 슬기 데리러 유치원으로 간다
너 또 슬기 보러 가?
친구들이 몰려 가며 묻는다
아, 몰라
나는 톡 쏘아 대고 냅다 달린다
돌멩이를 뻥 차 버린다

텅 빈 교실에 남아
혼자 놀고 있는 슬기
나를 보자마자 달려와 안긴다
야, 내가 니 엄마냐?
달라붙는 슬기를 떼어 놓고 앞서 걷는다

지금쯤 친구들은 신나게 놀고 있겠지?
떡볶이 먹으러 갔을까?
편의점에 갔을까?
길가에 버려진 음료수 캔을

콱 밟아 찌그러뜨린다

언니, 화 났어?
슬기가 기어들어 가는 목소리로 묻는다
됐거든
나는 찌그러진 캔을 멀리 차 버린다

슬기 보느라 애썼다며 고모가 퇴근해서
쥐여 주는 천 원 어떨 땐 이천 원
고모는 시급이 얼만지도 몰라?
오늘은 돈도 안 받고 문 콱
닫고 들어와 누워 버렸다

푸르게 걷고 싶은 날

높다란 벽을 담쟁이가 기어오른다
바람도 튕겨 나가는 시멘트 벽에
실핏줄 같은 꿈들이 촘촘히 박힌다
길은 어디에도 없다는 듯
견고하게 서 있던 벽이
제 스스로 길을 풀어 놓는다

팔을 길게 뻗어 이파리를 만져 본다
물고기 지느러미처럼 생생하게
파닥거리는 이파리
어느새 내 손도 파랗게 물든다
우주를 떠돌다 내려온
푸른 별 같은 손이 파닥거린다
팔이 심장이 허리가 다리가
마침내 온몸이
온통 푸른 한 그루 덩굴나무가 된다

달달

사회 시간에 권리에 대해서 배운 다음 날
승원이가 복사해서 돌린 우리의 권리 장전을
식탁 유리 밑에 끼워 두었다

우리의 권리 장전*

1. 우리는 취업률 평계로 전공과 무관하
   게 진행하는 현장 실습을 거부할 권리
   가 있다.
2. 우리는 안전하고 건강한 교육 환경과
   실습 환경에서 진로를 탐색하고 전문
   교과를 익힐 권리가 있다.
3. 우리는 정부와 교육청, 학교에 현장 실
   습 관련 정보를 요청하고 들을 권리가
   있다.
4. 우리는 여러 종류의 현장 실습 중 선택
   하고 결정할 권리가 있다.

5. 우리는 현장 실습 중 위험하다고 판단
하면 즉시 하던 일을 멈추고 나와 동료
를 스스로 보호할 권리가 있다.
6. 우리는 현장 실습을 중도에 중단했을
때 두려움 없이 학교에 돌아갈 권리가
있다.
7. 우리는 현장 실습 노동 중 적절한 노동
시간과 충분한 휴식을 보장받을 권리
가 있다.

읽어 보니 다 맞는 말 같다
첨부터 끝까지 외워야겠어
언니한테 말했더니
반에서 꼴등인 니가 무슨 수로 저걸 다 외우냐?
쯧쯧쯧 혀를 찬다
그니까 달달 외워야지
시험 때도 안 보이던 의지를 보였더니

니 승원이 좋아하나? 언제부터 좋아했는데? 어데가 좋
은데?

언니가 달달 볶아 댄다

미소 천사를 보내며

공부하기 싫을 때
괜스레 울적할 때
네가 보고 싶을 때
멍하니 바라만 봐도 마음이 편안해져
그래서 사람들이 불멍도 하고 물멍도 하고
숲멍도 하고 그러나 봐
그냥 멍때리고 있기만 하는데도
어느새 걱정거리가 사라져 버리고
마음이 잔잔해지니까

알엠이 샀다기에 산 반가사유상
언제부턴가 나의 최애 굿즈가 되어 버렸어
네가 유학 가고 혼자 남은 이곳에서
난 너를 보듯 반가사유상을 봐
수줍은 듯 온화한 미소가 네 미소를 닮았어
너도 소리 없이 웃곤 했지
생각할 때면 손가락으로 보조개를 살짝 찌르던 너

너도 타국에서 외로울 때

내가 보고 싶을 때

언제든지 반가사유상을 바라봐 봐

웃을 때는 목젖까지 다 보이고

생각할 때면 얼굴을 잔뜩 찌푸리는 나와는

어느 한 군데 닮지 않았지만

보고 있으면 참 편안해질 거야

그리움도 외로움도 속상함도 스르르 녹아 버릴 거야

지금은 희귀템이 되어 버린 반가사유상

다들 나처럼 위로가 필요한가 봐

너도 필요할 것 같아서

가족

사람들은 우리가 사는 방을 뜰아랫방이라고 부릅니다
엄마는 해 잘 드는 주인집 뜰 한 귀퉁이에다
꽃씨를 뿌리고 꽃모종을 합니다
해마다 엄마의 꿈이 피었다가 지고 또 피어납니다

엄마처럼 나도
예쁘게 피어날 꿈을 써서 책상 위에 붙여 놓았습니다
뜰아랫방이라는 게 문제입니다
지난여름 남한산성 성벽을 무너뜨리고 산을 넘어온 비는
온 동네 길을 지우고 주인집 대문을 넘어 들어와
꽃밭을 망가뜨리고 뜰아랫방으로 쳐들어왔습니다
일순간에 우리의 단꿈을 집어삼킨 비
우리의 꿈이 너무 예뻤던 탓일까요?

흐메, 으찐디야
방을 들여다본 주인집 아주머니와
일 층에 세 들어 사는 아주머니들이 몰려와
물을 퍼내고 가구들을 옮기고

흙투성이 된 방을 씻어 냈습니다
그래도 축축하고 냄새나는 방에서 살 수는 없었습니다
이웃사촌도 가족이라며 아주머니들이
방이 마르고 냄새가 다 빠질 때까지
돌아가며 우리를 재워 주었습니다

엄마가 뜰아랫방을 비우지 못하는 건
우리가 갈 곳은 여기 뜰아래 반지하
방밖에 없기 때문이라고 생각했었습니다
그런데 엄마는 가족을 떠날 수 없었던 거였습니다

서로를 돌보며 성장하는 삶

오연경 문학 평론가

　우리 사회에서 청소년은 가족과 학교의 울타리 안에서 돌봄과 교육을 받으며 성장하는 존재로 여겨진다. 그러나 청소년의 삶은 단지 미래를 준비하는 과도기가 아니라 가난, 질병, 차별, 폭력, 죽음과 같은 조건을 살아 내는 한 인간의 현재이자 현실이다. '열여덟 살'은 아직 법정 대리인의 동의 없이 법률 행위를 행사할 수 없는 미성년이지만, 임금을 받는 경제 활동에 참여할 수 있고 민법상 혼인이 가능한 준(準)성인이기도 하다. 이들은 경제적·신체적인 면에서 성인의 몫을 해낼 수 있지만, 아직은 청소년 보호법이나 가정의 보호를 필요로 하는 돌봄의 대상으로 간주된다.

　그런데 이러한 사회적 규정과 별개로 누군가를 돌보아야 하는 처지에 놓인 청소년들이 있다. '영 케어러(young carer)'는 가족이나 친척을 돌보는 청(소)년을 가리키는 말이다. 김애란의 청소년시집『열여덟은 진행 중』은 '영 케어러'로 살아가는 청소년의 삶, 돌봄을 둘러싼 다양한 역할과 상황이 얽히고설킨 가운데 던져진 '열여덟 살'의 복잡한 현실을 조명한다.

　김애란 시인은 기존의 청소년시에서 잘 다루어지지 않았던 영역, 좀처럼 눈에 띄지 않고 인식되지 않는 곳에 눈길을 준다. 일반적인 유형화나 표준적 범주로는 잘 포착되지 않는 그곳에 가족 돌봄 청소년, 청소년 미혼 한부모, 보육원 출신 청소년, 자립 준비 청년, 코다, 현장 실습생 등 모호하고 복잡한 호칭으로 불리는 청소년들이 있다. 경제적으로나 사회적으로 소외된 자리에 '청소년'이라는 정체성이 약점처럼 더해진 그곳은 어쩌면 우리 사회에서 편견과 차별이 가장 공공연하게 지배하는 곳인지도 모른다. 그러나 가장 취약하고 무방비한 그곳이 경쟁과 성공이 아닌, 상호 의존적 돌봄을 통해 성장의 가치를 발견하게 해 주는 자리가 되기도 한다. 김애란의 시를 읽으면 공식적인 돌봄의 끈이 끊어진 현실에서 고군분투하며 자기 위치와 역량을 질문하는 청소년의 모습을 발견할 수 있다. 그들은 세상의 다른 것들과 상호 의존적으로 맺어진 자신의 존재 조건을 성찰하고 새로운 관계를 생성하며 '연결된 존재'로 나아간다.

난 안 괜찮아

이 시집에 등장하는 화자들은 어느 날 갑자기 보호자 역할을 맡게 되면서, 자신의 꿈과 성장에 투자할 시간을 헐어 가족 구성원 중 누군가를 간호하거나 돌보는 데 써야 하는 상황에 던져진다. 화자들에게 요구되는 역할은 가족에게 닥친 돌연한 불행으로 인한 것이거나 자신의 행동이 가져온 뜻하지 않은 결과 때문이거나 일반적인 사람들과 다른 성장 환경에서 비롯된 것이다. 김애란의 시는 이러한 현실 속에서 아이들이 느끼는 고립감, 상실감, 막막함, 불안을 생생하게 보여 준다.

할머니가 토해 놓은 알약 같은 벚꽃이 피고
이따금 거미줄 같은 비가
벚꽃 사이를 사선으로 내리긋는 봄날에도
나는 늘 거미줄에 걸린 날벌레처럼 긴장한다

할머니 숨소리처럼 가냘픈 햇살이
비쳐 들다가 슬며시 달아나 버리는 쪽방에서
삼단 요 위에 누운 할머니를 간호하는 일은
아르바이트할 때처럼 늘 긴장된다

벚꽃잎을 밟으며 떠나간 엄마는

새로 벚꽃이 피어도 돌아올 줄 모르고
벚꽃잎을 밟으며 공장에서 돌아와 누운
할머니는 새로 벚꽃이 피어도 일어나지 않고
벚꽃잎을 밟으며 학교에서 돌아온 나는
새로 벚꽃이 흐드러져도 학교에 갈 수 없었다

얼마나 벚꽃이 지고 또 피어야만
할머니가 일어나실까?
밖에는 어서 내가 죽어야지 하는 할머니의
푸념 같은 벚꽃잎이 부질없이 흩날린다

—「벚꽃」부분

　아픈 할머니를 돌보는 화자의 삶은 화사한 벚꽃을 "할머니
가 토해 놓은 알약"에 빗댈 만큼, 봄을 알리는 비를 "거미줄 같
은 비"라고 묘사할 만큼 팍팍하고 어둡다. "긴장한다", "긴장된
다"라는 말을 반복하는 데에서 알 수 있듯 어린 화자가 할머니
를 간호하고 돌보는 것은 노동 그 자체로도 어렵고 힘든 일이
다. 여기에 '쪽방', '아르바이트', '공장'이라는 단어에서 드러나
는 가난한 현실까지 더해지면 힘겨움은 배가 된다. 그러나 가
족 돌봄 청소년을 진짜 힘들게 하는 것은 바로 시간과의 싸움
이다. "벚꽃잎을 밟으며" 일어난 일은 해가 바뀌고 "새로 벚꽃
이 피어도" 나아지지 않는다. 고통의 시작점은 있는데 끝은 보

이지 않는 것이다. "얼마나 벚꽃이 지고 또 피어야만" 할머니가 일어날지, '나'는 학교로 돌아갈 수 있을지 알지 못한 채 할머니도 화자도 흩날리는 벚꽃잎처럼 시들어 간다. 급격히 달라진 현재와 기약 없는 미래 앞에서 "난 괜찮아 난 괜찮아 난 괜찮아"(「난 괜찮아」) 되뇌어 보지만 가족 돌봄 청소년의 삶은 위태롭기만 하다.

가족이라는 이유로 오롯이 짊어지게 된 돌봄의 의무는 청소년 혼자서 감당하기 어려운 것이다. "정부 지원은커녕 학교도 제대로 다닐 수 없"(「이게 아닌데」)는 상황에서, "너도 어른이니까 니가 알아서 해라"(「화분 가꾸기」)라며 떠미는 다른 가족들의 강요와 방관 속에서, "밥 빨래 청소 병원 약/낯선 일상들이/쓰나미처럼 밀려"(「난 괜찮아」)드는 현실에서 아이들은 홀로 고립되어 자기 자신마저 놓아 버릴 위기에 처한다. 시인은 이러한 위기의 공간을 채우는 연약하지만 희망적인 손길을 놓치지 않는다. "이제 됐어, 어여 가 봐"(「박하사탕」)라며 가끔 사정 봐주는 알바 사장님, "할머닌 걱정하지 말고 학교 갔다 와"(「학교 가는 길」)라고 말하는 이 층 아주머니, 아픈 엄마를 돌보느라 학교에 못 가는 친구의 집에 아침마다 들러 수다를 떨어 주는 단짝(「단짝」), "학생이 학교는 맘 놓고 다녀야지요"(「담임」)라고 따지며 복지부와 교육부와 주민 센터에 도움을 요청하는 담임 선생님은 아이들이 혼자 고립되지 않도록, 더 깊은 낭떠러지로 떨어지지 않도록 붙들어 주는 손이다.

돌봄이 준 선물

　돌봄은 의무나 책임으로 주어지는 경우가 많지만, 누군가를 돌본다는 것은 그 사람을 이해하는 과정이기도 하다. 가족을 돌보는 화자들은 평소 자신을 돌봐 주었던 이들이 거꾸로 돌봄의 대상이 된 낯선 상황에서 그들의 행동을 관찰하고 그들의 마음을 보살피며 지금까지의 고정된 관계에서 벗어나 새로운 만남을 경험하게 된다.

　　똥 묻은 옷을 빨면서 나는 생각한다
　　내가 아기였을 땐 할머니가 이렇게
　　내 옷을 빨아 줬겠구나
　　안 먹겠다는 밥을 억지로 떠먹이면서도 생각한다
　　입 짧은 나 때문에 힘들었겠다
　　쓰레기통에 숨긴 반찬을 꺼내면서는
　　할머니만 이 세상에서 숨지 마

　　하루아침에 이럴 수 있게 된 건 아니다
　　할머니 아픈 지 꽤 오랜 시간이 흘렀다
　　정신 오락가락하는 할머니를 돌보는 건
　　전 과목 1등급을 맞는 것만큼 힘들다
　　어쩌면 그보다 훨씬 힘들 거다

힘들어서 생각을 고쳐먹었다

(중략)

할머니가 나한테 누구냐고 물으면
누구긴 누구야, 할머니 강아지지
할머니가 그랬던 것처럼 다정하게 말해 준다
　　　　　　　　　—「가족을 돌보는 방법」부분

　아기가 되어 버린 할머니를 돌보는 화자는 "똥 묻은 옷을 빨"
고 "안 먹겠다는 밥을 억지로 떠먹이"고 있는 자신의 행위가 예
전에 할머니가 자신을 위해 했던 행위라는 것을 깨닫는다. "힘
들어서 생각을 고쳐먹었다"고 말하지만 실은 하루하루 할머니
를 돌보는 시간이 자기 자신을 돌아보고 성찰하는 시간이었던
것이다. 나도 한때 누군가의 절대적 돌봄에 의존하는 존재였다
는 것, 그 힘으로 지금의 내가 되었다는 것은 우리 모두가 돌봄
수혜자라는 사실을 알려 준다. 돌봄을 받는 이와 돌보는 이는
고정되어 있지 않다. 돌봄은 특정 시기 특정 인간에게만 필요
한 결핍의 상황도 아니며 언젠가 극복하거나 벗어나야 할 한시
적 상태도 아니다. 인간은 근본적으로 취약한 존재이며, 이 취
약성은 우리의 삶이 타자에게 의존하여 유지된다는 것을 알게
한다. "할머니만 이 세상에서 숨지 마"라고 말하는 화자에게,

할머니는 돌봐야 할 짐이 아니라 여전히 "누구긴 누구야, 할머니 강아지지"라고 말하며 기댈 수 있는 마음의 의지처이다.

　돌봄은 고단하고 힘겨운 것이지만 여기에는 소중한 성장의 기회가 깃들어 있다. 「현재 진행형」에서 뇌졸중으로 쓰러진 아빠가 "우리 집은 내 손으로 지을 기다"라고 매일같이 반복하는 것을 듣던 화자는 "아빠는 왜 우리 집을 짓고 싶어 해?"라고 묻는다. 아빠의 꿈에 대해서는 생각해 본 적도 없던 화자가 "목수이면서 목수가 될 수 없는 아빠의 꿈은/지금도 현재 진행형"이라는 것을 이해하게 된 것이다. 돌봄의 과정에서 화자는 밥하고 빨래하고 기저귀 갈고 피딩하는 능력만 익힌 것이 아니라 아빠의 마음을 볼 수 있는 능력까지 얻었다. 시인은 돌봄을 일방적인 희생이나 의무로 바라보는 시선을 넘어, 마음을 주고받으며 서로를 가꾸어 가는 지속적인 관계성에 주목한다. 이러한 관계성은 가족만이 아니라 학교, 일터, 이웃으로까지 확장된다.

　　키우는 똥개 말고는
　　찾는 사람도 없는 할머니
　　보증금 없어도 된다는 말에
　　할머니 집에 세 들어 살면서
　　할머니가 안 보이면
　　어디 편찮으신가?
　　넘어지셨나?

자꾸만 신경 쓰인다

오랜만에 해 보는 남 걱정
왠지 어색하지만 기분 좋다
할머니, 별일 없으시죠?
묻는 내게 거뭇거뭇 탄 누룽지
쓰윽 내미시는 할머니

엉겁결에 받은 누룽지 한 뭉치
물 넣고 퍽퍽 끓여 먹었더니
구수한 저녁달이 떠올랐다

─「누룽지」 부분

주인 할머니와 화자는 집주인과 세입자의 관계이지만 '서로
돌봄'이라는 새로운 관계를 맺어 간다. 보증금도 없는 처지의
화자는 "키우는 똥개 말고는/찾는 사람도 없는 할머니"가 눈에
밟힌다. "어디 편찮으신가?/넘어지셨나?/자꾸만 신경 쓰"이는
화자나 "거뭇거뭇 탄 누룽지/쓰윽 내미시는 할머니"나 알게 모
르게 서로의 취약함을 돌보는 중이다. "오랜만에 해 보는 남 걱
정/왠지 어색하지만 기분 좋다"고 말하는 화자는 돌봄의 기쁨
과 보람을 알아 간다. 그러니까 할머니한테 받은 누룽지를 끓
여 먹을 때 떠오른 "구수한 저녁달"은 돌봄이 주는 선물 같은

것이다. "다들 나처럼 위로가 필요한가 봐/너도 필요할 것 같아서"(「미소 천사를 보내며」)라며 타국으로 떠난 친구에게 보낸 '반가사유상'처럼 돌봄은 서로의 마음을 살피고 가꾸는 선물이다. 김애란의 시가 보여 주는 이러한 상호 의존적 돌봄은 나이와 능력을 막론하고 모든 이에게 동등하게 주어진 존재 조건이자 다양한 존재들과의 연결망 속에서 관계적 자아를 생성하고 공동체를 가꾸어 나가는 삶의 터전이라 할 수 있다.

'자기 돌봄'으로서의 성장

이번 시집에는 가족 돌봄 청소년뿐 아니라 다양한 처지의 청소년들의 삶이 펼쳐진다. 그중에서도 2부에서는 미혼모나 미혼부 청소년의 현실을, 3부에서는 보육원 출신의 자립 준비 청년의 현실을 엿볼 수 있다. 이들은 일찍이 아이의 보호자가 되었거나 시설을 나와 독립해야 하는 현실을 마주하고 있다. 이러한 현실의 곳곳에는 사회적 편견과 차별, 홀로 감당해야 하는 온갖 책임, 외로움과 소외감이 도사리고 있다. 하지만 모든 것을 태워 버린 산불이 "십수 년 동안 땅속에서 잠자던/불꽃나리 꽃씨"(「불꽃나리」)를 깨워 꽃을 피우게 하는 것처럼 가혹한 현실에 던져진 청소년들은 타인을 돌보는 과정에서 자기를 돌보는 법을 배우고, 새로운 돌봄의 관계를 맺는 가운데 자신의 잠재적 역량을 발견한다.

돌보는 마음은 무한한 자원이 아니어서 일방적으로 쏟아부을 수 있는 것이 아니다. 흔히 모성애나 부성애라는 이름으로 사랑의 화수분이 존재하는 것처럼 말하지만 그것은 하나의 신화에 불과하다. 김애란 시인은 미혼모, 미혼부 청소년의 현실을 그리며 대표적 돌봄 노동인 육아가 청소년의 몫이 되었을 때의 긴장과 불안을 보여 준다. 제도적으로나 사회적으로나 '청소년'과 '부모'는 대개 겹쳐지지 않는 범주로 간주된다. 이러한 고정관념에 반하는 '청소년 부모'는 축복과 비난, 기쁨과 두려움, 선택과 책임, 학업과 출산, 자기 성장과 육아 사이의 갈등을 온몸으로 겪어 내야 한다. 이들은 "우리가 잘하고 있는 거야?"라는 불안감 속에서 "잘 살겠다고 큰소리도 치고"(「살얼음판」) "변화에 잘 적응 중"(「목소리」)이라고 믿으며 부모가 되는 일에 뛰어든다.

어느 날 갑자기
나보다 열일곱 살 어린 생명체가
포대기에 싸여 내게로 왔다
드리블하고 슬램 덩크 하고 킥복싱 하던
내 커다란 손으로 만지면
부서질 것 같은 태초

안아 올리자 새싹이 되었다
몽고점처럼 새파란 새싹

(중략)

그래, 새싹이 쑥쑥 자라나
아름드리나무가 된다면 못 할 것도 없지
싶다가 또

내 나이 열여덟
나야말로 더 자라서
나무든 뭐든 되어야 하는 거 아닌가?
생각하다 보면 떡잎처럼 화들짝
솟구치는 사레

―「새싹」부분

　화자는 "나보다 열일곱 살 어린 생명체"를 보며 경이로움을
느낀다. "드리블하고 슬램 덩크 하고 킥복싱 하던" 손으로 "부
서질 것 같은 태초"의 생명을 돌보느라 바쁘다. 엄마가 학교는
마치라며 손주를 봐 주시지만 "학교 다니고 알바 뛰고 아기 보
고/숨 가쁘다 못해 숨이 턱턱 막히는 하루하루"에 포기하고 싶
을 때도 있다. 그럴 때마다 새싹이 아름드리나무가 되는 상상

을 하며 힘을 내 보지만, 문득 "나야말로 더 자라서/나무든 뭐든 되어야 하는 거 아닌가?"라는 질문이 찾아온다. 생각해 보면 한 살 아기는 물론이고 열여덟 살 부모도 아직 새싹이다. "더 자라서/나무든 뭐든 되어야 하는" 것은 청소년 부모 자신의 과제이기도 하다. 그러나 학업과 노동과 육아를 병행하며 숨 가쁘게 살아온 화자는 아기를 돌보는 일과 나 자신을 돌보는 일이 시간을 나눠 쓰는 싸움이 아니라 시간을 가꾸는 동행이라는 것을 조금씩 알아 간다. "부서질 것 같은 태초"가 "몽고점처럼 새파란 새싹"이 되도록 동동거린 시간 속에 "새싹이 쑥쑥 자라나/아름드리나무가" 될 자신의 성장도 겹쳐 있기 때문이다. "떡잎처럼 화들짝/솟구치는 사레"는 불안과 초조에서 뿜어져 나온 것이지만 고통스러운 기침을 뱉어 내고 나면 자신의 이야기를 할 수 있게 된다.

이렇게 성장한 아이들은 이제 용기를 내어 자신의 말을 한다. 보육원에서 자란 화자는 걸핏하면 출신을 걸고넘어지는 사장님에게 "저, 돈이나 훔치는 그런 애 아니고요/적성에 맞는 일 찾아보려고 그만두는 거예요"(「잡초」)라고 똑바로 말한다. 시집 곳곳에서 우리는 자신의 정체성을 인정하고 남들 앞에서 당당하게 선언하는 목소리를 들을 수 있다. "나는 용감한 그녀와 용감한 그녀가 낳은/아이와 함께 살고 있습니다"(「용감한 그녀」), "나는 코다입니다"(「불쑥」), "보육원 출신입니다"(「화살 뽑기」), "그냥 우리대로 살기로 했습니다"(「우린 우리대로」)라고 말하는 목소리, 그리고 '건강하고 안전한 현장 실습을 바라는 특성화고 학생과 졸업생 7대 선언'(「달달」)을 달달 외우는 목소리. 이 목소리들이 자신의 내면에서 울려 나와 세상에 들리기까지 가족과 친구와 이웃을 살피고 자신을 돌보며 삶을 가꾸는 손길은 멈추지 않는다.

　법적으로 성인이 되는 열아홉에 한 살 못 미친 '열여덟 살' 청소년은 이제 곧 청소년이라는 딱지를 떼고 "어른으로서의 첫발을 내딛는"(「걸음마」) 출발점에 서 있다. 그러나 청소년과 성인을 가르는 법적인 경계가 미성숙과 성숙을 결정하는 선은 아닐 것이다. 준비가 되지 않은 채 주어진 상황을 버거워하며 진통을 겪는 아이들의 모습은 사실 나이와 상관없이 우리 모두가 살아내고 있는 삶의 모습이기도 하다. 우리는 언제나 미숙하고 미완인 상태로 삶의 낯선 문턱 앞에 서 있다. 우리는 자신의 취약함을 극복하고 홀로서기에 성공해서 어른이 되는 것이 아니라 자신의 취약함을 공유하고 돌봄을 주고받으며 서로를 어른으로 만들어 준다. 이번 시집에는 꽃, 새싹, 나무, 화분과 같은 식물 이미지나 식물적 상상력이 자주 눈에 띈다. 식물이 잘 자라도록 보살피고 가꾸는 일, 식물이 자라고 시드는 일과 함께하는 것은 돌봄의 마음에 맞닿아 있다. 김애란 시인은 "알맞은 간격을 유지한 채/서로 떨어져 자라는 것 같지만/저마다 뿌리를 길게 뻗어/뒤엉켜 있"(「아름다운 연대」)는 식물의 모습에서 세상의 다른 존재들을 이해하고 위로하고 손잡으며 성장하는 아이들을 발견한다. 그러니까 이번 시집에서 보여 준 열여덟 살의 삶은 상호 의존적 돌봄 안에서 자기 존재를 발견하고 새로운 가능성을 꿈꾸는 우리 모두의 현재 진행형이라 할 수 있다.

시인의 말

숲으로 가는 길에 베어진 나무둥치를 보았다
나이테가 고스란히 드러난 밑동
거센 폭풍에 온 생을 뒤척이고
때로는 장대비에 온몸으로 맞섰을
한 그루 나무
잘려 나가고 남은 생이
그 무엇에도 끄떡하지 않을
고요함으로 앉아 있다

저 숲을 향해서
나는 네 손을 잡고
너는 내 손을 잡고
우리가 내딛는 발걸음이
한 그루 나무처럼 끄떡없기를
나무둥치처럼 여전하기를

2024년 봄
김애란

창비청소년시선 47

열여덟은 진행 중

초판 1쇄 발행 • 2024년 5월 27일

지은이 • 김애란
펴낸이 • 김종곤
편집 • 한아름 박문수
조판 • 이주니
펴낸곳 • (주)창비교육
등록 • 2014년 6월 20일 제2014-000183호
주소 • 04004 서울특별시 마포구 월드컵로12길 7
전화 • 1833-7247
팩스 • 영업 070-4838-4938 / 편집 02-6949-0953
홈페이지 • www.changbiedu.com
전자우편 • contents@changbi.com

ⓒ 김애란 2024
ISBN 979-11-6570-253-3 44810

＊이 책 내용의 전부 또는 일부를 재사용하려면
　반드시 저작권자와 (주)창비교육 양측의 동의를 받아야 합니다.
＊이 책은 경기도, 경기문화재단의 지원을 받아 발간되었습니다.
＊책값은 뒤표지에 표시되어 있습니다.